おはなしのろうそく33

東京子ども図書館編

もくじ

さしえ・大社玲子

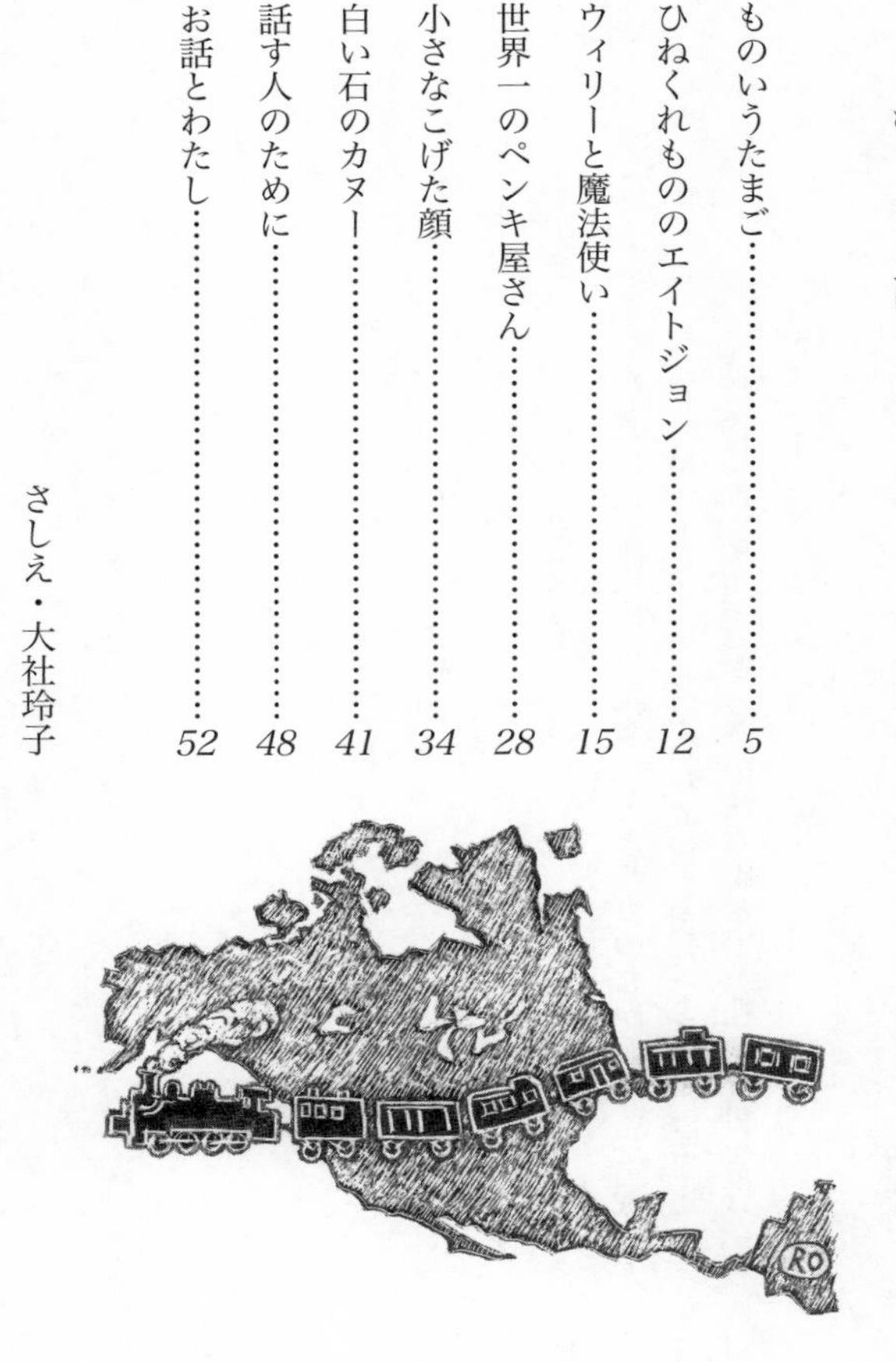

本巻には、渡辺茂男編訳『アメリカのむかし話』（偕成社一九七七年）より、長らく語りで親しまれてきた六話を選んで収録しました。ご遺族の渡辺鉄太氏と出版社の許可を得て、テキストに手を入れさせていただきました。

ものいうたまご

ヨーロッパから伝わったアメリカの昔話

むかしむかし、あるところに、よくばりなお母さんがいました。この人には、娘がふたりあって、名前をローズとブランチェといいました。ローズはわるい娘で、ブランチェはよい娘でした。ローズはわるい娘でしたが、きれいな顔をしていたので、お母さんは、ローズのほうをかわいがりました。ローズが、いすにすわって、なにもしないでぶらぶらしていても、お母さんは、ブランチェにばかり用をいいつけました。

ある日、お母さんはブランチェに、井戸へ行って、水をくんでくるようにいいました。ブランチェが、桶(おけ)をさげて井戸へ行ってみると、ひとりのおばあさんがいました。

おばあさんは、

「かわいい娘さんや、わたしに水をくんでおくれ。のどがかわいて、たまらないのだよ」

といいました。

そこで、ブランチェは桶をゆすいで、きれいな水をくんで、おばあさんにあげました。

「はい、どうぞ、めしあがれ」

「ありがとうよ、娘さん。おまえさんは、やさしい娘さんじゃ。神さまのお恵みがありますように」

それから二、三日たったある日、ブランチェは、お母さんが、あまりつらくあたるので、森へ逃げました。どこへ行くというあてもなく、泣きながら歩いていると、井戸にいたおばあさんに会いました。

「おや、このあいだの娘さん。どうして泣いているのだね？ なにかつらいことでもあったのかい？」

「ええ、おばあさん。お母さんに、きつくしかられたのです。もう、家へ帰ることはできません」

「よしよし、娘さん。わたしについておいで。晩ごはんも用意してあげるし、ゆっくり寝る場所もあげよう。だが、ひとつだけ約束しておくれ。なにを見ても、決してわらってはいけないよ」

おばあさんは、そういうと、ブランチェの手をひいて、森のおくへとはいっていきました。すると、道をふさいでいたとげのついた蔓(つる)が、すっと開きました。ふたりが通ったあとは、蔓が、また、もとのようにからみあいました。少し先に進むと、二本の斧(おの)が、けんかをしていました。ブランチェは、ふしぎなことがあるものだと思いながらも、なにもいいませんでした。また、先へ行くと、今度は二本の手が、けんかをしていました。ブランチェは、ふき出しそうになりましたが、おばあさんとの約束を思い出して、がまんしました。すると、その先で、二本の足が、けんかをしていました。そして、さらにその先では、ふたつの頭が、けんかをしています。ふたつの頭は、ブランチェを見るなり、「あっ、ブランチェだ。おはよう、娘さん。神さまのお恵みがありますように」といいました。

とうとう、おばあさんの家に着くと、おばあさんは、

「娘さんや、火をたきつけておくれ。晩ごはんをつくるでな」といいました。

それから、おばあさんは、火のそばに腰をおろすと、自分の頭をとりました。そして、頭をひざの上におくと、ひざの上の頭の目がとじて、うつらうつら、居眠りをはじめました。ブランチェは、おかしいやら、気持ちがわるいやらで、なにかいいそうになりま

したが、なにを見ても、決してわらわないという約束を思い出して、がまんしました。

おばあさんは、少ししてから、頭をまた首の上にのせると、大きな骨を一本、ブランチェにわたして、晩ごはんをつくるようにいいました、ブランチェが、その骨をお鍋にいれますと、あっという間に、お鍋の中は、おいしそうな肉でいっぱいになりました。

さらに、おばあさんは、ひとつぶの米をわたして、石臼でひくようにいいました。ブランチェが、いわれたとおりにすると、石臼の中からは、米があふれるように出てきました。

晩ごはんがすむと、おばあさんが、

「娘さんや、わたしの背中をかいておくれ」といいました。

ところが、おばあさんの背中には、ガラスのかけらがいっぱいはえていたので、ブランチェの手は、血だらけになってしまいました。それを見ると、おばあさんは、ブランチェの手をとって、ふっと息をふきかけました。すると、手の傷はみるみるうちに、なおってしまいました。

つぎの朝、ブランチェが起きると、おばあさんはいいました。

「娘さんや、もう、家へお帰り。おまえさんは、気持ちのやさしい娘だから、おみやげに、ものいうたまごをあげるとしよう。ニワトリ小屋へ行ってごらん。『つれていって』

というたまごがあったら、それを持ってお帰り。『つれていかないで』というたまごがあったら、そのままにしておくんだよ。道みち、そのたまごをひとつずつわってごらん」

ブランチェは、おばあさんにいわれたとおり、ニワトリ小屋へ行きました。すると、たまごが口ぐちに、

「つれていって」「つれていかないで」

「つれていって」「つれていかないで」「つれていって」といいました。

そこでブランチェは、「つれていって」というたまごをいくつかとると、小屋を出ていきました。

ブランチェが、歩きながら、たまごをひとつずつわりますと、中から、ダイヤモンドや金の首かざり、絹の服、立派な馬車などが、つぎつぎと出てきました。そこで、ブランチェが家に着くと、家の中は、宝物であふれそうになりました。もちろん、よくばりなお母さんは、ブランチェが、山のような宝物を持って帰ってきたので、たいへんよろこびました。そしてさっそく、ローズを呼んで、

「さあさあ、おまえも、森へ行って、おばあさんをさがしておいで。ブランチェよりも、もっとたくさん、宝物をもらってくるんだよ」といいました。

ローズは、森でおばあさんをさがしました。そして、おばあさんに会うと、おばあさ

んはローズにも、なにを見ても、決してわらわないように、約束させました。ところが、ローズは途中で、斧や手や足や頭がけんかをしているのを見て、大声でわらってしまいました。それから、家に着いて、おばあさんが自分の頭をとったのを見ると、

「おばけみたい！」といいました。これをきくと、おばあさんは、

「ああ！　おまえは、わるい娘だな、神さまのお恵みなんかあるものか」といいました。

つぎの朝になると、おばあさんはローズにも、

「おまえにも、おみやげをあげるよ。ニワトリ小屋へ行って、『つれていって』というたまごがあったら、持ってお帰り」といいました。

ローズが、いそいで、ニワトリ小屋へ行くと、たまごが口ぐちに、

「つれていって」「つれていかないで」

「つれていって」「つれていかないで」といいました。

すると、ひねくれもののローズは、

「はいはい。『つれていかないで』っていうけれど、その中に、宝物がはいっているんでしょう」といって、「つれていかないで」というたまごを全部持って、小屋を出ていきました。ローズが、歩きながらたまごをわりますと、中から、ヘビやカエルやナメクジやコウモリが出てきて、ローズのあとを追いかけました。そのうち、今度はたまごの

中から、鞭が出てきて、ローズを打ちはじめました。ローズは、泣きながら、家まで走りました。よくばりなお母さんは、ローズのあとから、虫たちや鞭が追いかけてくるのを見ると、ローズが家にはいる前に、ぴしゃっ！　と、戸をしめてしまいました。

ローズは、いまでも、虫たちや鞭に追いかけられて、森の中を逃げまわっているということです。

ひねくれもののエイトジョン

アフリカ系アメリカ人の昔話

むかし、あるところに、エイトジョンという名前の男の子がおりました。エイトジョンは、ひねくれもので、おとなの人のいうことを、ちっともききませんでした。お母さんが、ああいえば、こうしました。つまり、お母さんのいうことの、反対のことばかりしたのです。

「ヒキガエルを、ふみつけてはいけませんよ。わるいことが、起こりますからね」と、お母さんがいいました。

「うん、ふみつけるものか、お母さん」と、エイトジョンはいいました。

ところが、お母さんが、ちょっと目をはなしているすきに、ヒキガエルをふみつけました。すると、牛のお乳が出なくなりました。みんな大さわぎをしているのに、エイトジョンは、腕を組んで、にやにやわらっておりました。

「いすに、うしろむきにすわってはいけませんよ。家の中に、ごたごたが、起こりますからね」と、お母さんがいいました。

そこで、エイトジョンは、どのいすにも、うしろむきにすわりました。すると、お母さんが焼いていたトウモロコシのパンがまっ黒こげになり、バターをつくる道具がこわれてしまいました。みんな大さわぎをしましたが、エイトジョンは、わっはっはとわらいました。

「日曜日には、木のぼりをしてはいけませんよ。縁起が、よくありませんからね」と、お母さんがいいました。そこで、エイトジョンは、日曜日に木のぼりをしました。すると、ロバが足を折ってしまいました。

「歯をかぞえては、いけませんよ。家のだれかが、病気になりますからね」

そこで、エイトジョンは、上の歯も、下の歯もかぞえました。毎日毎日、歯をかぞえました。すると、お母さんののどが、ぜいぜいして、あかちゃんが、かぜをひきました。みんなエイトジョンがわるかったのです。

「ベッドで、頭を下にして、寝てはいけませんよ。家に、お金がなくなってしまいますからね」と、お母さんがいいました。

さっそく、エイトジョンは、頭を下にして、ベッドにさかさまに寝ました。すると、たちまち、エイトジョンの家は、貧乏になってしまいました。けれども、エイトジョンはくすくすわらうだけでした。

「日曜日に、うめき声を出してはいけませんよ。『皮をはがれた骨』という魔法使いが、やってきますよ」

そこで、エイトジョンは日曜日に、うめいたりうなったり、うなったりうめいたりしました。すると、日曜日の晩になると「皮をはがれた骨」がやってきてエイトジョンをつかまえて、台所のテーブルの上で、油のしみにかえてしまいました。

つぎの朝、なにも知らないお母さんは、テーブルの上についた油のしみを、ごしごしふきとってしまいました。それっきり、エイトジョンも、どこかへ消えてしまいました。

いうことをきかない、ひねくれものの子どもには、いつも、こんなことが起こるのだそうです。

ウィリーと魔法使い

アフリカ系アメリカ人の昔話

ウィリーのお父さんは、わるい人でした。月のない晩に畑のスイカをぬすんだり、死んだ人の持ち物をうばったり、岩ツバメの巣をとったりしたのです。それで、人びとは、ウィリーのお父さんが死んでも、天国に行く途中で、魔法使いにつかまってしまうだろうと、うわさしていました。

たしかに、そうなったらしいのです。というのは、ある日、ウィリーのお父さんは、渡し船から、川の中へ落ちてしまったのです。大さわぎになって、川の下流や、流れのよどんだ淵(ふち)の中をさがしましたが、どうしても見つかりません。そのとき、川上のどこからともなく、ふといわらい声がきこえてきました。

「魔法使いだ！　魔法使いだ！」

人びとは口ぐちにさけび、もうそれ以上、お父さんの死体をさがそうとはしませんでした。

「ウィリーや、魔法使いが、おまえのお父さんをつれていってしまったのだよ。おまえも気をつけないと、魔法使いにつれていかれるよ」と、お母さんがいいました。

「だいじょうぶ、気をつけるよ」と、ウィリーはこたえました。「いつでも、犬をつれて歩くからね。魔法使いは、犬が、だいきらいなんでしょ」

魔法使いは犬が苦手だということを、ウィリーは、お母さんからきかされていました。お母さんは、たいへんかしこい人で、魔法使いをだしぬく方法をよく心得ていたのです。

ある日、ウィリーは、斧(おの)をかつぎ、犬をつれて、沼地の森の中へ、たきぎを切りに行きました。ところが、犬は、一ぴきの野ブタを見つけると、そのあとを追って、森の中へかけこんでしまいました。

「やれやれ、犬が遠くへ行っちゃったし、いま、魔法使いがやってきたら、どうしよう」

ウィリーがひとりごとをいいながら、木を切ろうとして、ふと見ると、木のあいだから、魔法使いが、ぎらぎら目を光らせながら、こちらを見ているではありませんか。からだじゅうにクマのような毛をはやし、目は火のように光り、歯のあいだから、だらだらよだれをたらしています。ウィリーは、大いそぎで、そばの木にのぼりはじめました。

魔法使いは、ウィリーがのぼった木の下に来ましたが、のぼってくるようすはありません。よく見ると、その足は、人間の足ではなくて、牛のひづめのようでした。魔法使いは、木の下からウィリーを見あげて、ふとい声でいいました。

「どうして木になんかのぼったんだ？」

ウィリーは、木の一番上までのぼって、下を見おろしました。

「どうして木になんかのぼったんだ？」

また、魔法使いが、ききました。

「母さんが、魔法使いが来たら逃げ出せって、いったんだい。その大きなふくろには、なにがはいってるの？」

「まだ、なにもはいっておらん」と、魔法使いは、ふとい声でこたえました。

「むこうへ行け！　あっちへ行っちまえ！」

ウィリーは、木にしがみついたまま、さけびました。

「はっはっは！」

魔法使いは、わらいながら、ウィリーの斧をとりあげました。そして、その斧をひとふりすると、木に打ちこみました。木のかけらが、ばらばらと散りました。ウィリーは、木にしがみついて、さけびました。

「かけらよ、かけらよ、もとにもどれ！」

かけらがまいもどって、木のわれめがもとどおりになりました。魔法使いは、歯をぎりぎりならすと、また、斧(おの)を力いっぱい打ちこみました。

ウィリーは、また、同じことばをさけびました。

「かけらよ、かけらよ、もとにもどれ！」

魔法使いは、力いっぱい、斧をふるっています。ウィリーは、もう、声が出なくなりました。と、そのときです。遠くに、犬のほえ声がきこえました。

ウィリーは、大声で呼びました。

「オーイ、犬よ、こーい！　かけらよ、かけらよ、もとにもどれ！」

「犬なんか、いるものか。おれさまの野ブタを追って、いまごろ、森の中をさまよっているだろう」

ウィリーは、一所懸命さけびました。

「オーイ、犬よ、こーい！」

今度は、たしかにきこえました。魔法使いにも、犬のほえ声がきこえたようです。そ

こで、

「おりておいで、魔法を教えてやろう」と、急に、やさしい声でいいました。

けれども、犬の走ってくるのが見えると、

「小僧、今度こそ、おぼえておれ！」と、さけんだまま、森のしげみの中へ姿を消しました。

家に帰って、ウィリーが、もう少しで魔法使いにつかまるところだった、と、お母さんに話すと、お母さんはたずねました。

「魔法使いは、ふくろを持っていなかったかい？」

「持っていたよ、母さん」

「今度魔法使いに会ったら、木にのぼるんじゃないよ。どんな立派な木があっても、のぼらないで、『魔法使いさん、こんにちは』と、おいい。ウィリー、わかって？」

「……？」

「だいじょうぶ、ころされるようなことはないわ」

「でも、ふくろの中にいれられたら、どうしよう？」

「母さんのいうとおりにすれば、だいじょうぶ。まず、『魔法使いさん、こんにちは』と、おいい。そうすると、魔法使いが、『こんにちは、ウィリー』というからね。そうしたら、今度は、『魔法使いさん、あなたは、このあたりで、一番の魔法使いだそうですね』と、きいてごらん。きっと、『もちろんだとも』と、こたえるから。そこで、『でも、キリンなんかには、ばけられないでしょう？』と、いって、ばけられっこないって、いいはるの。そのつぎに『ワニにもばけられないでしょう？』と、きくのさ。

まあ、そのへんで、きっと魔法使いは、ワニにばけるからね。そこで、こういってごらん。『人間より、大きいものにばけるのはやさしいけれど、人間より、ずっと小さい、フクロネズミにばけられますか？』って。魔法使いのやつ、きっと、一所懸命ばけるから、そしたら、フクロネズミになった魔法使いをつかまえて、ふくろの中にいれておしまい」

「だいじょうぶかな？　でも、母さんのいうとおりにしてみるよ」

そこで、ウィリーは、犬をつれずに、ひとりで、沼地の森へはいっていきました。すると、たちまち魔法使いが、大きな歯をぎりぎりいわせながら、あらわれました。ウィリーが、犬をつれずに来たことを知っていたのです。ウィリーは、魔法使いが肩にかついだ、大きなふくろを見ると、こわくなって、そばの木にのぼりそうになりましたが、やっとがまんして、魔法使いにむかっていいました。

「魔法使いさん、こんにちは」

が、その口をあけました。

「こんにちは、ウィリー」

魔法使いは、ふとい声でこたえると、肩にかついだふくろをおろして、その口をあけました。

「魔法使いさん、あなたは、このあたりで一番の魔法使いだそうですね？」

「そうとも」

「でも、キリンなんかに、ばけられないでしょう？」

「おやすいことだ」

「ばけられっこないでしょう？」

魔法使いは、ぐるぐる、ぐるぐる、からだをまわすと、キリンにばけてしまいました。

そこでウィリーは、いいました。

「でも、まさか、ワニには、ばけられませんよね？」

キリンが、ぐるぐるっと、からだをまわしたかと思うと、ワニにかわりました。ウィリーは、またいいました。

「人間より大きなものにばけるのはやさしいけれど、人間よりずっと小さい、フクロネズミには、ばけられないでしょう？」

すると、ワニは、ぐるぐるぐると、からだをねじったと思うと、小さなフクロネズミにかわりました。ウィリーは、すばやく手をのばして、フクロネズミをつかまえ、ふくろの中にいれると、ふくろの口をかたくしばりました。それから、そのふくろを川の中へ投げこんでしまいました。

ウィリーが、ほっとして、家のほうへ帰りかけると、木のあいだに、また、魔法使いの目が光っていました。

「わしは、風に姿をかえて、ふくろからぬけ出してきたのだ」と、魔法使いがいいました。

ウィリーはあわてて木にのぼりました。

「小僧、今度は、逃がさんぞ。ここに、いつまでも待っていて、おまえが、はらがすいて、目がくらんで、木からころげ落ちてきたら、つかまえてやる。どうだ、それまで、もっと魔法の力を見せてやろうか」

魔法使いは、いじわるそうに、にたにたわらいました。ウィリーは、なんとか、逃げ出す方法はないものかと、一所懸命考えました。そのとき、家の庭の木に、犬をつないできたことを思い出しました。

「そうそう、魔法使いさん、なにかを、なくすことができますか？」

「たやすいことだ、ほれ！」

ウィリーのシャツが、どこかへとんでいきました。

「でも、この腰のまわりのつなには、おまもりがついていますからね。まさか、このつなを、なくすことはできないでしょう？」

魔法使いはおこって、ほえるような声でいいました。

「よし、世界じゅうから、どんなつなでもなくしてやる。いいか、よく見ていろよ！」

魔法使いは大きなおなかをつき出して、空気をすいこむと、われるような大声でどなりました。

「世界じゅうのつーなーよ、消えーてなくなーれ！」

ウィリーは、木からふり落とされそうになって、力いっぱいしがみつきました。そしてあらんかぎりの声を出して、さけびました。

「オーイ！　犬よ、こーい！　オーイ！　犬よ、こーい！」

木につながれていた犬は、つながなくなったので、ウィリーをさがして、矢のように森の中へ走りこみました。

ウィリーと犬が家へ帰ると、お母さんがききました。

「どうだい？　うまく魔法使いを、ふくろの中へいれてしまったかい？」

「一度は、いれたんだけれど、風に姿をかえて、逃げ出しちゃったんだよ」

「それは、残念だったねえ。でも、もう、二度もだしぬくことができたのだから、もう一度だけだしぬくことができれば、魔法使いは、おまえのことをあきらめるさ。だけど、三度目は、とてもむずかしいだろうよ」

「でも、なんとかしなくちゃね」と、ウィリーはいいました。

お母さんは、火の前にすわると、あごをかかえて考えこみました。ウィリーは、家の前の戸とうしろの戸に、一ぴきずつ犬をつないで番をさせ、窓には、ほうきと斧で、しっかりささえをつけました。やっと、いくらか安心すると、ウィリーも、お母さんのそばにすわって、考えはじめました。すると、お母さんは顔をあげていいました。

「ウィリーや、ブタ小屋へ行って、子ブタを一ぴきつれておいで」

ウィリーが、子ブタをつれて、もどってくると、お母さんがいいました。

「ウィリーや、おまえは、屋根裏へあがって、かくれておいで。あとは、母さんがうまくやるからね」

ウィリーは、いわれたとおりに、屋根裏にあがると、じっとしていました。しばらくたつと、ひゅうひゅうと風が鳴り、がさがさと木のゆれる音がきこえ、犬がほえはじめました。ふし穴からのぞいてみると、犬は、沼地のほうにむかって、さかんにほえたてています。

すると、頭に角のはえた、ロバくらいの大きさの動物が、沼地の森の中から走り出したと思うと、家のそばを通りすぎました。犬は、とびあがってほえましたが、つなでつながれているので、動物を追うことができません。すると、今度は、長い鼻と、するどいきばを持った、大きな動物がやってきて、小屋にむかってうなりました。犬は、これを見ると、首につけたつなを、力いっぱいひっぱりました。ぷつんとつなが切れて、犬は動物にとびかかっていきました。動物は、うなり声をあげて、いちもくさんに森の中へ逃げていきました。

家のうしろでも、犬のほえ声がするので、ウィリーが、うしろがわのふし穴からのぞくと、裏につないであった犬が、つなを切って、フクロネズミのような小さな動物を追いかけて、走っていくのが見えました。

「たいへんだ！　魔法使いがやってきた！」

ウィリーのからだは、がたがたふるえました。すると、今度は、屋根の上を、得体のしれない動物が、牛のひづめのような足で動きまわっている音がきこえます。魔法使いにちがいありません。熱い煙突にさわったらしく「あちちっ！」という声と、「ちくしょう！」という、うなり声がきこえました。煙突からはいれないことがわかると、魔法使いは、屋根からとびおりて、おもての戸を、どんどんとたたきました。

「おい、母さん！　小僧をもらいにきたぞ！」

「わたすものですか！」

「わたせ！　よこさないと、かみつくぞ！　おれさまの歯には、毒があるのを知らないか！」

「負けるものですか！　わたしの歯にも、毒がありますよ！」

「小僧をよこせ！　よこさないと、火をつけるぞ！」

「ミルクで火を消してしまうから、だいじょうぶ！」

「よーし、井戸の水をからして、牛どもをころしてしまうぞ！　それから、百万びきのコクゾウムシを出して、綿の畑を、みんなからしてしまうぞ！　それでもよいか！」

「魔法使いさん、それでは、あんまりひどすぎます！」

「なんの、ひどいものか！　もっと、ひどいこともできるんだぞ！」

「魔法使いさん、もし、子どもをさしあげたら、もう二度と、もどってきませんか？」

「ああ、来ないとも、来ないとも。魔法にかけて、ちかってやるよ」

そこで、お母さんが戸をあけると、魔法使いはとびこんできました。

「子どもは、どこだ？」

「そこのベッドの上ですよ」

魔法使いは、よだれを、だらだらたらしながら、ベッドに近よると、おおいをとりました。

「おい、なんだこれは？　子ブタじゃないか！」

　魔法使いは目をむいて、おこりました。

「わたしは、子どもをあげます、とはいいましたが、なんの子どもとはいいませんでしたよ」と、お母さんは、すました顔でこたえました。

　魔法使いは、くやしがって、ぎりぎり歯をならしながら、家じゅうを歩きまわりました。それでも、約束してしまったのですから、しかたがありません。ベッドから子ブタをつかみとると、沼地の森へむかって投げつけました。そして、自分は、じゃまになる木を、かたっぱしから押したおしながら、森のおくへと消えていきました。

　つぎの朝、沼地の森は、まるで台風にあらされたように、魔法使いが通りすぎた地面だけが、まん中からさけた木や、根もとからすっぽりぬけた木々で、おおわれていました。

　それから、魔法使いは、二度と、ウィリーのそばにはあらわれませんでした。

世界一のペンキ屋さん

アメリカのほら話

スラッピー・フーパーは、大男というほどの大男ではありませんでした。身長は、ほんの二メートル、体重が二百キロばかり。アメリカの開拓時代には、このくらいの男は、いくらでもいましたから、まあ、大男といわれる部類には、はいらなかったのでしょう。ただ、ペンキとブラシを持たせると、とてつもない仕事をやってのけたので、有名になった男でした。

こんな男でしたから、いわゆる、ペンキ屋の小僧をつかうことが大きらいでした。はしごの下に立って、ペンキやブラシをわたす役の小僧は、まあ、十回のうち九回は、ち

がう色をわたしたり、まちがったブラシをよこしたりします。ですから、ペンキ屋が、ついうっかりしていたら、「おいしいイチゴのジャムをどうぞ」と、せっかくかいた字の横に、まっ黒なイチゴでもかきかねません。

そこで、スラッピーは、小僧のかわりに、投げ縄（なわ）をつかいました。はしごや高い足場の上から、ひゅーっと投げ縄を飛ばして、地面にならべておいたペンキやブラシの中から、すきなものをとるのです。スラッピー・フーパーにとっては、このほうが「よっぽどまし」でした。

スラッピーの得意な仕事のひとつに、空の広告がありました。風が吹けば飛んでしまうような、飛行機でかくスモークサインとは、ちょいとちがいました。スラッピーがかいた広告は、お天気さえよければ、何日でも空から消えませんでした。白い雲が、スラッピーの広告の中を通っていくと、虹色になって出てきました。小鳥たちもよろこんで、広告のまわりに集まってきました。ただ、残念なことに、ペンキに防水をしていなかったので、雨がふると、七色の雨になって、地上に流れて落ちてしまいました。

スラッピーがかいた一番大きな広告は、大陸横断鉄道の看板でした。高さは、地面から空まで、長さは、もちろん、鉄道のはしからはしまでありました。たぶん、ニューヨークからサンフランシスコまでだったでしょうか。この看板を全部見ようと思ったら、ニュー

ヨーク発、サンフランシスコ行きの急行にのって、終点までずっと、窓から首を出し、一番高いところは、空のてっぺんまで見あげていなければなりませんでした。スラッピーに、この広告をたのんだ鉄道会社の社長さんは、看板をはしからはしまで見たら、スラッピーに代金をはらう前に、首がまわらなくなってしまったそうです。

ところで、スラッピーが空に広告をかいたとき、どうやって、空までとどく足場をつくったか、ということが、また、うわさのたねでした。うわさのたねというのは、ほんとうに見た人はひとりもなくて、ただそうだろうと、勝手に想像して話すことです。

スラッピーは、空に広告をかくことをたのまれると、まず、そのあたり数千エーカーの土地をかりきってしまいました。煙突や教会の屋根をぬるときのような、あたり前の、長いはしごをつかわなかったことは、たしかです。その数千エーカーの土地のまん中から、ボアーンと大砲を打つ音は、よくきこえたそうです。つまり、大砲で、先にかぎのついたロープを打ち出して、天国の床か、天(あま)の川にかかっている橋のらんかんに、かぎをひっかけたのです。天体望遠鏡で見ると、空にむかって、足場がずんずんのびあがって、その足場ではたらいているスラッピーの姿が、まるで小さなクモのように見えたそうです。

ところがそのうち、飛行機が空を飛ぶようになると、スラッピーは、ふゆかいになり

ました。だいいち、ぶんぶんとうるさくってかなわないし、それに、いつ、スラッピーの、天国にとどくような高い足場に衝突して、ペンキの缶をひっくりかえしてしまうかわかりません。そこで、スラッピーは、空に大きな広告をかくことをやめて、地上で一番じょうずな看板屋になろうと、決心しました。

地上の看板屋になってから、スラッピーのはじめにかいた看板は、パン屋さんのためにかいた、食パンの絵と「世界一おいしいパン」という文句でした。

そのパンは、見ただけで、よだれの出てくるほどじょうずに、かかれていました。人間には、看板の上にかかれたパンの絵だということがわかりましたが、鳥どもにはわかりません。ある鳥は、パンをつっつこうとして、くちばしを折ってしまい、また、ある鳥は、パンの上にとまろうとして、すべり落ちて、首の骨を折ってしまいました。あんまり、たくさんの鳥が死ぬので、動物愛護協会が、その看板をとりはずすように、パン屋さんにたのみました。パン屋さんは、芸術家スラッピーの機嫌をそこねてはいけない、と思ったので、看板から、食パンの絵だけ、消してもらいました。

それから、その看板には、まっ白な地(じ)に、「世界一おいしいパン」という文句だけがのこっていました。

つぎに、今度は、ストーブ会社が、新しくつくったストーブの看板を、スラッピーに

たのみました。スラッピーは、ストーブの中で、まっ赤な火が、ごうごうと燃えさかっている絵をかきました。大通りにその看板が立てられたのは、雪のふる、寒い冬のことでした。ところが、つぎの日になると、歩道と看板とのあいだの、ちっぽけなすき間の地面から、スミレやタンポポが、すくすくと芽を出して、花をさかせました。家に帰れなくなるほどよっぱらった、よっぱらいが、この看板の前で、朝までぐっすりと、寝こむようになりました。宿無したちも集まってきて、シラミをとったり、看板にくぎを打ちつけて、やかんやふたのない鍋をかけて、お湯をわかしたりしました。この連中は、昼間、近所の家のごみ箱から、野菜くずや、魚の頭や、骨をひろってきて、夜になると、この看板のストーブで、シチューをこしらえて食べました。安宿や簡易宿泊所にとまっていた人たちも、この看板のそばのほうが、よっぽどあったかくていいや、と、引っ越してきました。

あんまり大勢の人たちが、この看板の前に集まってきたので、近所のお母さん方は、ぶっそうで、子どもを学校にやれないし、買い物にも行かれなくなりました。そこで、ストーブ会社は、こまった連中を追いはらうために、看板の番人をやといました。ところが、その番人も、ストーブのあたたかさに、いい気持ちになって、うとうとと居眠りをするばかりで、少しも役に立ちませんでした。

そこで、スラッピーにたのんで、ストーブの火を、もっと、ずっと熱くして、そばによれないようにしてもらうことにしました。スラッピーは、まっ赤な火を白熱の火にかえ、炎の大きさも、ずっと大きくしました。すると、あちちっ……と、いいながら、みんな、逃げ出しました。

ところが、通りのむかいがわにならんだ家のペンキが、熱のために、落ちはじめました。そのうちに、ぶすぶすと、けむりが立ち、火がつきました。火事だ！ 消防車が、サイレンを鳴らして走ってきました。家の火事は消しとめましたが、看板のストーブの火は、消すことができません。いくら水をかけても、じゅんじゅんと、蒸発してしまいました。そこで、火災保険会社がおこって、ストーブ会社を訴えたので、スラッピーのかいたストーブの看板は、とりはずされてしまいました。

これを見たスラッピーは、ペンキもブラシもすてて、ぷいっと、どこかへ行ってしまいましたとさ。

小さなこげた顔

プエブロ族の昔話

むかし、湖のそばの大きな村に、妻をなくした、ひとりの男が住んでいました。男には、三人の娘がありました。娘たちのうち、一番上は、しっとぶかくて、いじわるな、みにくい娘でした。二番めは、ぼんやりした娘でした。三番めの末娘は、やさしい、かわいい娘でした。

父親が、森の中へ狩りに出かけると、一番上の娘は、末娘をたたいたり、まっ赤に焼けた炭を顔につけたり、からだに傷をつけたりして、いじめました。それで、人びとは、この末娘のことを、「小さなこげた顔」と呼んでいました。

森から帰ってきた父親は、どうして、末娘の顔に、やけどがあるのかとききました。すると、一番上の娘が、さっとこたえました。

「ほんとに、いうことをきかなくて、こまるんですよ。火のそばに近づいてはいけない、というのに、火のそばに行ったものだから、ころんで、やけどをしてしまったのですよ」

これをきいた父親は、末娘をしかりました。末娘の「小さなこげた顔」は、泣く泣く寝てしまいました。

さて、湖のほとりの村はずれに、ウィグワムとよばれる、美しいテントがありました。ウィグワムは、きれいな毛布や、美しい宝石で、かざられていました。そこに、大酋長(だいしゅうちょう)と、その妹が、住んでいました。大酋長は、毎日、森からはシカを、湖からは魚をとってきて、妹とふたりでくらしていました。

ところが、この大酋長は、妹以外の人には、だれにも、姿が見えないのでした。そこで、大酋長に用があって、たずねていく人に見えるものは、モカシンと呼ばれる、シカの皮でできたくつばかりでした。というのは、大酋長がぬいだくつを、妹がテントにつるして、かわかすからでした。くつが、大酋長のからだからはなれると、目に見えるようになるのでした。

ある年の春、妹は、兄さんの大酋長が、花嫁をさがしていることを、みなに知らせました。大酋長を、自分の目で見ることができる娘を、花嫁にするというのです。「小さなこげた顔」と、ふたりの姉さんをのぞいて、村じゅうの娘たちが、湖のほとりの、ウィグワムに集まりました。

「わたしのお兄さんが見えますか？」と、大酋長の妹がききました。

何人かの娘は、

「見えません」と、こたえましたが、ほかの娘たちは、

「見えます」と、こたえました。

また、妹がききました。

「肩のところのひもは、なんで、できていますか？」

娘たちは、声をそろえてこたえました。

「皮のひもです」

「そりを、なんでひっぱっていますか？」

「緑の蔓(つる)ひもです」と、娘たちはこたえました。

そこで、妹は、だれにも兄さんの大酋長が見えていないことがわかりました。

それから「ウィグワムにはいりましょう」と、しずかにいいました。ウィグワム

にはいると、妹は、入り口のとなりは、兄さんのすわるところだから、すわらないように、といいました。

そのあと、娘たちは、晩ごはんのしたくを手伝いました。大酋長の食べるようすを、見たかったのです。ところが、晩ごはんができあがると、見る間に消えてしまいました。大酋長がくつをぬぐと、みんなには、くつだけが見えました。

それでも、娘たちは、大酋長の姿を見ようと、つぎの日まで帰りませんでした。けれども、とうとう、だれも大酋長の姿を見ることはできませんでした。

ある日、「小さなこげた顔」のふたりの姉さんは、一番きれいな毛布をまとい、一番光ったビーズの首かざりをし、髪をきれいになでつけ、ししゅうのついたモカシンをはいて、大酋長のウィグワムに出かけました。

ふたりが出かけてしまうと、「小さなこげた顔」は、シラカバの皮で、着物とぼうしをつくりました。その上に、ぼろぼろの毛布をまとい、ひざまではいってしまうような、お父さんの大きなモカシンをはくと、大酋長のウィグワムに、出かけることにしました。

かわいそうな「小さなこげた顔」！　髪の毛はくしゃくしゃ、たたかれたあとや、やけどで、顔は傷だらけです。シラカバの皮の着物は、がさがさいうし、大

きなくつは、ばくばくしています。村の道を歩いていく「小さなこげた顔」を見て、子どもたちは、声を立ててわらいました。

「小さなこげた顔」がウィグワムに着くと、ふたりの姉さんは、たいへんおこって、家へお帰り、といいました。

けれども、大酋長の妹は、「小さなこげた顔」の、やさしそうなようすが気にいって、ほかの娘たちといっしょに、大酋長の姿を見るように、といいました。

やがて、夕方になりました。大酋長の妹は、「小さなこげた顔」と、ふたりのいじわるな姉さんをつれて、湖のほとりを歩きました。

空が暗くなりました。大酋長が帰ってきたのです。

大酋長の妹がききました。

「わたしのお兄さんが、見えますか？」

「見えます」と、ふたりのいじわるな姉さんはこたえました。

「それでは、肩のひもは、なんで、できていますか？」

「皮のひもです」

「そりは、なんで、ひいていますか？」

「緑の蔓（つる）ひもです」

今度は「小さなこげた顔」にききました。

「見えますか?」

「見えます。見えます。なんと、すばらしい方でしょう」

「そりをひっぱっているひもは、なんですか?」

と、大酋長の妹が、やさしくききました。

「美しい虹です」と、「小さなこげた顔」は、ほおをまっ赤にしてこたえました。

「わたしの妹よ、弓の弦は、なんで、できていますか?」

「弓の弦は、天の川です」と、「小さなこげた顔」がこたえました。

大酋長の妹は、にっこりわらって、「小さなこげた顔」の手をとりました。

「そのとおりです」

妹は、「小さなこげた顔」をウィグワムの中につれていきました。それから、夜露を集めて、「小さなこげた顔」の、傷だらけの顔と、よごれた手足をあらいました。すると、みるみる傷がなくなって、「小さなこげた顔」は、美しい娘になりました。髪の毛は、夜のようにまっ黒にかがやき、ふたつの目は、空の星のように、すずしい光をはなちました。

大酋長の妹は、宝の箱から、花嫁の衣装をとり出して、美しい娘に着せました。

かわいい花嫁が、できあがりました。大酋長の妹は、花嫁の手をやさしくひいて、入り口のとなりにすわらせました。

「ここが、花嫁の席です」

そこへ、立派な大酋長が、姿をあらわしました。そして、花嫁を見ると、にっこりわらっていいました。

「やっと、めぐり会いましたね」

花嫁は、小さな声で、

「はい」とこたえました。

「小さなこげた顔」と大酋長は、村じゅうの人びとをまねいて、盛大な結婚式をあげました。

ふたりのいじわるな姉さんたちは、はずかしそうに、こそこそと逃げ帰りました。

それから、大酋長と「小さなこげた顔」は、長く長く、なかよく、くらしました。

白い石のカヌー

オジブワ族の昔話

むかし、あるところに、ひとりのたくましい若者と、ひとりの美しい少女が住んでおりました。

ところが、ふたりは、まもなく結婚することになっていました。

ところが、この少女が、急に病気になって、死んでしまいました。若者はふかく悲しみました。少女がうめられてしまったそのときから、若者の心から、よろこびと平和は失われてしまいました。

そして毎日、少女のうめられたところにすわって、考えこんでおりました。友だちが心配して、狩りにさそったり、戦いに加わるようにすすめたりしましたが、若者の心は、

まるで少女といっしょに死んでしまったように動かず、涙も出ませんでした。そればかりでなく、戦いに使う斧も、狩りにつかう弓も矢も、投げすててしまいました。

ある日、若者は、老人たちから、魂の世界に通ずる道のことをきくと、その道をさがしに行く決心をしました。旅のしたくがすみ、人びとに別れを告げると、若者は犬をつれて村を出ました。といっても、どこを指して進んでよいのかわかりません。ただ部族の仲間に伝えられている「南を指して行け」ということばにしたがって、南を指して歩きはじめました。

歩いても、歩いても、地上のようすはかわりません。森あり、山あり、谷あり、川あり、若者が生まれた村と同じような村もいくつかありました。

若者が村を出たときには、雪がふっていましたが、長い旅を続けるうちに、あたりの雪はだんだん消えて、木の枝は芽を出しはじめ、小鳥がさえずりはじめました。気がついたときには、若者は、暗い冬の国から、明るい春の国へ来ていたのです。

空気があたたかく感じられ、冬の暗い雲はどこかに消えて、青空に太陽がかがやいていました。道ばたにさく花を見たり、美しい小鳥の歌声をきいたりしているうちに、若者は、いい伝えにしたがって南に来たことを、うれしく思いました。

若者は、しばらく、木立にかこまれた道を進みました。やがて道はのぼり坂になり、

その坂をのぼりきると、一軒の小屋の前に来ました。すると、小屋の中から、ひとりの老人が、しずかに出てきました。老人の長い髪はまっ白で、くぼんだ目は、きらきら光っていました。そして、やせたからだには、長い布をまとっていました。

若者が老人にあいさつして、ここまでやってきたわけを話そうとすると、老人はすっと手をあげて、若者の話をさえぎりました。

「おまえを待っていたのじゃ。若者よ、おまえのさがす少女は、たしかに二、三日前にここへやってきた。そして、とてもつかれていたので、一日ここで休んでいったのじゃ。とにかく、はいりなされ。しばらく休むがよい。そのあとで、おまえの行くべきところを教えてしんぜよう」

若者は、老人にいわれたとおり、小屋にはいってしばらく休みました。つかれがとれると、ふたりは、また小屋の前に立ちました。老人はいいました。

「どうじゃ。むこうにある大きなわれ目が見えるかの？　その先には、青い平原が広がっている。そこが、魂の世界なのじゃ。おまえは、いま、人間が住む世界と、魂が住む世界の、国境いに立っているのじゃ。この小屋は、魂の世界にはいる入り口なのだ。

おまえは、おまえのからだを持ったまま、あの世界にはいることはできない。からだといっしょに、弓矢と、荷物と、おまえがつれている犬を、ここへおいていきなさい。

おまえがもどるまで、わしがあずかっておいてあげよう。
よいかな、わしはおまえの帰りを待っている。かならず、もどってくるのじゃ」

老人はこういい終わると、若者の荷物を持ち、犬をつれて、小屋にはいりました。

若者は、足を前に進めました。すると、とつぜん、足に羽がはえたように、身軽になりました。けれども、あたりを見まわしても、色も形も、かわったようすはありません。ただ、木や、木の葉や、川の流れや、湖が、いままで見たこともないような、美しい、あざやかな色をしています。若者が歩いていく道を、たのしそうにはねまわる動物たちは、少しも若者をこわがるようすがありません。小鳥たちの歌声も平和で、自由に水の上を飛んでいます。

ところが、ただひとつだけ、かわったことがあるのに気がつきました。若者が歩く先に、たしかに木や岩があるのに、少しもじゃまになりません。若者は、自然に木や岩を通りぬけて歩いていたのです。なぜなら、ほんとうの木や岩の形をしていても、それは、木や岩の魂や影だったからです。そこで若者は、魂の世界に来ていることに気がつきました。

だんだんとその美しさを増す魂の世界を、半日ほど歩くと、若者は、ある大きな湖のほとりに出ました。見ると、湖のまん中に、美しい島が横たわっていました。そして、

湖の岸に、かがやく白い石のカヌーがつないでありました。若者はさっそくカヌーにのると、櫂（かい）をとってこぎだそうとしました。

そのときです。ふっとなにかを感じた若者が横を見ますと、どうでしょう。少しはなれたところから、もう一そう、まったく同じかがやく白い石のカヌーが、湖にこぎだしています。そして、そのカヌーにのっていたのは、若者がさがしもとめていた、あの少女ではありませんか。少女は、若者のほうを見て、にっこりほほえみました。

ふたりは、カヌーをならべて湖にこぎだしました。こいでいくうちに、湖が波立ってきました。行く手を見ると、まるでカヌーをひとのみにしてしまいそうな、大波が立っています。ところが、おおいかぶさってくるような波の中にはいると、波はとけるように消えさってしまうのです。

それでも、ひとつの波がすぎると、見る間（ま）に、つぎの大波が押しよせてきます。ふたりは、だんだんおそろしくなってきました。そればかりではありません。すみきった水を通して、湖の底にしずんだ人びとの骨が、重なりあっているのが、はっきり見えるのです。

このとき、「いのちをつかさどる神さま」が、ふたりを無事に通しました。ふたりは、これまで、わるいことをしなかったからというのです。あたりを見まわすと、老人や若

い人が必死でこの波をのりきろうとしています。しずみかけているカヌーもある中で、子どもたちがのったカヌーだけが、波にあわずにすいすいと進んでいきます。

さまざまな苦しみをのりこえて、ふたりのカヌーは、やっとよろこびの島に着きました。よろこびの島では、空気が食べ物でした。この空気がふたりを養い、力をあたえました。ふたりは、手をとりあって、美しい草原をさまよい歩きました。

どこからともなく美しい音楽がきこえ、うっとりとするような香りがただよってきます。氷もなく、つめたい風も吹かず、着物がほしくてふるえている人もありません。おなかをすかせて泣く人もなく、死んだ人のことを悲しむ人もありません。

若者は、いつまでも少女といっしょにこのよろこびの島にいたいと思いました。けれども、あの老人との約束を守って、帰らなければなりません。

若者は、「いのちをつかさどる神さま」の姿を、目で見ることはできませんでしたが、その声は、そよ風にのってはっきりときこえました。

「もどれ、若者よ。おまえのときは、まだ来ない。わたしがおまえにさずけたつとめは、まだ終わっていない。おまえは人間のところにもどり、よい人間としてのつとめをなし終えなさい。おまえは、おまえの一族の頭（かしら）になるのだ。

若者よ、おまえはあの老人のことばに耳をかたむけよ。おまえの大切な少女は、この

世界にうけいれられた。この少女は、わたしが氷の世界からこのよろこびの島に呼びよせたときのままに、若く、美しく、おまえを待っている」

この声が終わると、若者は、はっと目をさましました。若者は、少女のうめられた土地の上に、ふりつける雪に半分うずもれて、おなかをすかしてすわっておりました。そして、そのほおには、あつい涙が流れておりました。

話す人のために

ものいうたまご　ヨーロッパから伝わったアメリカの昔話

昔話の様式をふまえた、形の整った話。森でけんかをする二本の手や足、頭をとって居眠りをするおばあさん、ものいうたまごから出てくる宝物など、ふしぎなイメージにあふれ、子どもの興味をひく事柄が次々と起こるので、最後まで飽きさせない。語り手は、お話そのものの面白さに任せて素直に語るとよい。「つれていって」「つれていかないで」のくり返しはテンポよく。小学二、三年から。(十分)

ひねくれもののエイトジョン　アフリカ系アメリカ人の昔話

お母さんが、「……してはいけませんよ」と普通ではやりそうもないことを注意し、「……が起こりますからね」と、いい含める因果関係の意外さに、子どもは興味をもって聞く。このくり返しの最後、エイトジョンはテーブルの油のしみに変えられてしまうという、ブラックユーモアのある話なので、全体にさらりと語りたい。お母さんが

次の注意をするときには間を取ること。高学年に語ると、身につまされて神妙な顔つきになる子も。お話を少し聞きなれた子どもたちに。（四分）

ウィリーと魔法使い　アフリカ系アメリカ人の昔話

素行の悪かった父親が死んで、魔法使いに連れ去られるという、一風変わった始まりだが、その後は、息子のウィリーをさらおうとする魔法使いに、賢い母親と息子が力を合わせて対抗するオーソドックスな展開。スリルもあり、小気味よい結末なので、話の骨格を頭に収めて、きびきび語るとよい。熊のような毛がはえ、牛のような蹄をもつ魔法使いをしっかりイメージすると、この話がもつ独特の味わいが伝わるだろう。小学三、四年から。（十七分）

世界一のペンキ屋さん　アメリカのほら話

主人公の強さや技のすごさなどを大げさに誇張し、ユーモラスに語る、ほら話（tall tale）は、アメリカの伝統文化といえる。この話もそんな話の一つ。スラッピーがペンキとブラシでつくり上げる途方もない作品の数々を、語り手自身が驚きをもって思い描き、〝ほら吹き〟を楽しんでほしい。めでたし、めでたしの結末ではないので、

子どもたちの反応を期待しすぎず、さらりと締めくくること。小学三、四年から。（九分）

小さなこげた顔　プエブロ族の昔話

北米先住民の宇宙観を反映した美しいイメージのふくらむ話。昔話としての形式をきちんとふんでいるが、はでな出来事や動きよりも、そのイメージの美しさや雰囲気で、聞く子どもを引きつける。しっかりとその世界を見て、それをこわさないように、誠実に語ってほしい。会話を甘く語るとメロドラマ調になりかねないので、気をつけたい。小さなこげた顔に大酋長の姿が見えるところは感動的だが、抑制して静かに語るとよい。女の子ばかりでなく男の子もよく聞く。小学四年から。（十分）

白い石のカヌー　オジブワ族の昔話

北米先住民の死生観を見せてくれる独特の雰囲気をもった話。死んでしまった大切な少女に会いたいと願う若者の一途な気持ちに、聞き手はぴったりと寄り添ってついてくるようだ。「いのちをつかさどる神さま」のことばも、静かに染み入っていく。小学校で六年生に語ったとき、クラス中が引きつけられて聞いてくれたことがあり、印

象に残っている。繰り広げられる世界を信じて、落ち着いて語るとよい。小学六年から中学、高校生にも。（十四分）

責任編集　清水千秋
協　力　加藤節子
張替恵子
内藤直子

――お話とわたし――

『アメリカのむかし話』と物語の力

作家・翻訳家　渡辺鉄太

本書に収められているお話は、私の父、渡辺茂男が二十冊以上の本から選んで訳し、一九五九年に『アメリカ童話集』（あかね書房）として出版されたものです。その後、体裁をかえて『アメリカのむかし話』（偕成社　一九七七年）として出版されました。

懐かしいお話ばかりなのですが、果たして父がこれらのお話を読んでくれたのか語ってくれたのか、あるいは自分で読んだのか記憶がありません。多分その全部でしょう。

父は、戦後の日本に「ストーリーテリング」の手法を米国から輸入した最初の頃の一人だったと聞いています。父の遺した古い大学の講義録（東京子ども図書館蔵）を調べてみると、確かにそんなことを教えていた形跡があります。父自身も若い頃は、村岡花子さんの道雄文庫、クリーブランドの公立図書館、ニューヨーク公共図書館、石井桃子さんのかつら文庫などでストーリーテリングをすることもあったようですが、それがどんな風だったのか、私の生まれる以前のことなので知る由もありません。

ストーリーテリングとは、狭義においては、昔話や民話などの物語を語って聞かせる手法のことで、さらにそれが欧米のプロのストーリーテラーや児童図書館員らによって洗練されて確立された技術だと言えるのかもしれません。しかし、もっと広義には、あらゆる種類のお話を第三者に語ることであり、どんな文化にもどんな時代にも行われていたことに違いないでしょう。

父の色褪せた講義録に英語の論文がはさんでありました。一九七七年に、アイダホで開催された米国図書館協会大会で父が行ったアーバスノット記念講演でした。この論文には、父がストーリーテリングを米国の大学院や図書館でどのように学び、実践したかがエピソード的に書いてあります。例えば、日本の「分福茶釜」を勤め先のニューヨーク公共図書館で演じて大ウケし、その年のストーリーテラー大賞をもらったなどということです。自己のストーリーテリングのルーツについても触れていて、父親(私の祖父)が茶の間や縁側で、あるいは夏休みの肝試しの時に語ってくれた怪談や昔話やお寺で聞いた仏教の説法などがその根っこにあるとあります。父は、グリムやギリシャ神話などを聞くよりも、そんな日本の物語を聞く方がずっとしっくりしたと書いています。

一方で、知らない国の知らないことがいっぱい出てくる話を聞くことにも重要な意義があるとも書いています。その理由は、お話を通して異国の風物に触れ、異なったもの

の見方を識ることこそが人間同士の理解を深めるからだそうです。小さな子どもは、先入観なしに物語に聞き入ります。父が留学していた一九五〇年代の米国では、日本について詳しく知っている人は少なく、ましてや子どもたちの知識はゼロに近かったそうです。それでも父が分福茶釜のお話をすれば、茶釜やタヌキを見たことがなくても、ニューヨークの子どもたちは大喜びしたそうです。

どうして知らない国の摩訶不思議な物語を子どもは面白いと思えるのか、父は論文の中で解釈を試みています。誤解を恐れずそれを一言でまとめるなら、人間は長い進化の過程で、自分の体験や物語を第三者に語ったり、あるいは、知らない場所の話を聞いて理解する能力を宿したからということになります。何万年もかけ、人類は未知を想像できる能力を得たのです。そしてその進化の過程は、今でも子どもの成長過程の中で繰り返されています。だからこそ、ストーリーテリングは人類の大切な遺産なのです。

その伝統もこの私たちの時代において風前の灯火なのかもしれません。でも、本書にあるような物語を愛している方々が数多いることに私は勇気をもらいます。実際私も、自分のオーストラリアの文庫などで、時に素晴らしいストーリーテリングに出会うことがあります。子どもたちと車座で物語を聞きながら、私は、知らない場所や遠い時代に旅をしたり、笑ったり、涙を流したりします。活字になって眠っていた古い物語は、そ

うやって語り手の口を出た途端に息を吹き返すのです。ストーリーテリングはきっと魔法なのに違いありません！

たくさんの物語が、皆さんの口から出て命を吹き返すことを祈って。

二〇二三年二月、東京で。

東京子ども図書館は、子どもの本と読書を専門とする私立の図書館です。1950年代から60年代にかけて東京都内4ヵ所ではじめられた家庭文庫が母体となり1974年に設立、2010年に内閣総理大臣より認定され、公益財団法人になりました。子どもたちへの直接サービスのほかに、“子どもと本の世界で働くおとな”のために、資料室の運営、出版、講演・講座の開催、人材育成など、さまざまな活動を行っています。くわしくは、当館におたずねくださるか、ホームページをご覧ください。
URL　https://www.tcl.or.jp

おはなしのろうそく 33　東京子ども図書館編

2023年3月28日 第1刷発行

発行所　公益財団法人　東京子ども図書館
〒165-0023　東京都中野区江原町 1-19-10
TEL 03-3565-7711　FAX 03-3565-7712

印刷・製本　社会福祉法人 東京コロニー コロニー印刷

ISBN 978-4-88569-132-4